LA BALLA

*S*AMUEL TAYLOR COLERIDGE*, poeta, critico, scrittore e saggista inglese, nacque nel 1771 a Ottery St. Mary (Devonshire), figlio di un pastore protestante unitariano, e all'età di otto anni, morto il genitore, venne inviato al Christ Hospital di Londra. Nel 1781 fu avviato agli studi, che non completò, presso il Jesus College di Cambridge. Conclusa una breve esperienza di vita militare, progettò assieme all'amico Robert Southey la costituzione di una comunità agricola fondata su una teoria utopistica comunistica nella lontana America, la cosiddetta "Pantisocrazia". Chiusa questa parentesi filosofico-politica, Coleridge sposò la cognata di Southey, Sarah Fricker: il matrimonio non ebbe successo ma fu coronato dalla nascita di quattro figli. Nel 1795 avvenne l'incontro con William Wordsworth (1770-1850), destinato a segnare, nel campo dell'attività poetica, la vita di Coleridge. Nel 1796 egli diede alle stampe le sue prime prove compositive nei* "Poems on Various Subjects" *(Poemi su soggetti diversi), curando nel frattempo una decina di numeri del periodico* "The Watchman" *(La sentinella) e dedicandosi alla predicazione religiosa, dopo aver abbracciato l'unitarismo.*

La pubblicazione anonima nel 1798 delle "Lyrical Ballads" *(Ballate liriche), scritte a quattro mani con Wordsworth, cui appartengono capolavori universalmente riconosciuti della poesia romantica quali* "The Rime of the Ancient Mariner" *(La ballata del vecchio marinaio),* "The Nightingale" *(L'usignolo),* "Lines written a few miles above Tintern Abbey" *(Versi composti ad alcune miglia dall'abbazia di Tintern, opera di Wordsworth), diede l'avvio a una collaborazione che fu anche comunione di vita: i due, infatti, partirono per il continente, sostando in Germania, ove Coleridge seguì alcuni corsi all'università di Gottingen, e in Italia, tappa immancabile del* grand-tour *in Europa, rituale viaggio di istruzione, caratteristico evento della formazione culturale pre-romantica e romantica.*

Al ritorno in Inghilterra (1799), Coleridge si trovò ad

affrontare una situazione personale di disagio nei confronti della famiglia, ancor più complicata dall'incontro con Sarah Hutchinson, sorella della futura moglie di Wordsworth, di cui si innamorò. I primi anni del secolo, nonostante ciò, furono fecondi dal punto di vista della vena poetica: a questi anni risalgono i componimenti che idealmente vengono uniti in una sorta di trilogia a "La ballata del vecchio marinaio"*, il frammento* "Kubla Khan" *(iniziato nel 1797) e* "Christabel" *(cui mise mano nel 1804, ma che venne pubblicato solo nel 1816), oltre a* "Dejection: an Ode" *(Ode allo sconforto, 1802, la cui composizione è legata all'infelice rapporto con la Hutchinson).*

Il disordine che caratterizzava la sua vita portò come conseguenza la dipendenza di Coleridge dall'oppio, che aveva cominciato ad assumere come medicinale dal 1801. Nel 1804 un viaggio di disintossicazione a Malta si rivelò un fallimento: rientrato in patria nel 1806, ancora dedito agli oppiacei, tornò all'attività pubblica con una serie di conferenze sulla poesia alla Royal Institution (1808) e con la pubblicazione del settimanale "The Friend" *(L'amico), chiuso dopo 27 numeri per mancanza di fondi (1809).*

Il 1810 segnò la rottura dei rapporti con Wordsworth (reo di averlo pubblicamente denigrato), con la legittima moglie e con Sara Hutchinson: costretto dalle circostanze e dalla dipendenza dall'oppio a una vita da girovago, Coleridge si diede all'attività di conferenziere che consolidò la sua fama di critico scespiriano. Dal punto di vista produttivo riscrisse il dramma giovanile "Osorio"*, in scena nel 1813 al teatro Drury Lane di Londra con il titolo* "Remorse" *(Rimorso); diede alle stampe la sua* "Biographia Literaria" *(Biografia letteraria, 1815), monumentale trattato di poetica, rielaborazione del pensiero tedesco dell'epoca; pubblicò* "Kubla Khan" *(1816); scrisse* "Zapoloya: A Christmas Tale" *(Zapoloya: un racconto di natale) e curò la pubblicazione della raccolta di versi* "Sybilie Leaves" *(Fogli sibillini, 1817).*

L'incontro con il dottor Gillmann (1816) lo portò alla decisione di affidarsi alle sue cure per disintossicarsi, trasferendosi nella sua casa fino alla morte. L'ultimo periodo della vita di Coleridge fu caratterizzato, da una continua attività oratoria e dalla produzione di opere di carattere teorico: oltre alla già citata "Biographia" *e a vari saggi sull'opera di Shakespeare, rivoluzionari nell'approccio interpretativo che analizzava le motivazioni interne delle singole opere, meritano una menzione gli* "Aids to

Reflection" *(Contributi alla riflessione, pubblicati nel 1817 e nel 1825). In politica, moderati gli entusiasmi rivoluzionari giovanili, caratteristici della prima generazione romantica, passò a un atteggiamento di maggiore omologazione chiaramente espresso nel saggio "On the Costitution of the Church and State" (Costituzione della Chiesa e dello Stato, 1830).*

Dopo la morte, avvenuta a Londra nel 1834, la valutazione complessiva dell'opera di Coleridge mutò decisamente tra il secolo scorso, epoca in cui venne considerata disorganica ed eccessivamente frammentaria, a favore del più apprezzato Wordsworth, e il nostro, in cui si è riconosciuto il suo fondamentale contributo all'elaborazione del pensiero estetico e critico moderno e contemporaneo.

Il successo e l'importanza delle "Lyrical Ballads", cui appartiene questa ballata, vennero riconosciuti da subito; videro la luce anonime nel 1798, ottenendo un successo che portò ad altre successive edizioni (1800, 1802 e 1805, oltre a un'edizione americana), stavolta attribuite ai veri autori. Malauguratamente il nome che raggiunse con maggior successo la ribalta della fama fu quello dell'amico Wordsworth, salutato nell'occasione come nascente personalità poetica. A ciò, in effetti dobbiamo la "retrocessione" de "La ballata" dal primo al terzultimo posto nell'ordine dei componimenti all'interno del volume nelle edizioni successive alla prima.

Definibile come una sorta di vicenda di punizione e espiazione di una colpa di cui è difficile afferrare la natura, la ballata segue le peripezie di un marinaio reo di aver ucciso un albatro, azione considerata foriera di sventure. L'ambientazione spettrale, tra ghiacci polari e improbabili zone di bonaccia popolate da esseri misteriosi, trova come sorta di elemento dominante il soprannaturale: spiriti demoniaci, esseri angelici, forze della natura, tutto concorre a creare una sorta di atmosfera onirica a tratti non semplice da afferrare. D'altro canto appare superflua la necessità di razionalizzare questa vicenda, scandita da eventi dalle tinte forti e commentata da una sorta di "voce fuori campo", consigliando una fruizione personale e istintiva, ai limiti dell'irrazionale.

A fine volume viene proposta una selezione delle splendide incisioni di Gustave Doré (1832-1883), pubblicate nel 1875 per illustrare il poema di Samuel Taylor Coleridge.

THE RIME OF THE ANCIENT MARINER

Part I

An ancient Mariner meeteth three Gallants bidden to a wedding-feast, and detaineth one.

It is an ancient Mariner,
And he stoppeth one of three.
'By thy long grey beard and glittering eye,
Now wherefore stopp'st thou me?

The Bridegroom's doors are opened wide,
And I am next of kin;
The guests are met, the feast is set:
May'st hear the merry din.'

He holds him with his skinny hand,
'There was a ship,' quoth he.
'Hold off! unhand me, grey-beard loon!'
Eftsoons his hand dropt he.

The Wedding-Guest is spellbound by the eye of the old seafaring man, and constrained to hear his tale,

He holds him with his glittering eye –
The Wedding-Guest stood still,
And listens like a three years' child:
The Mariner hath his will.

The Wedding-Guest sat on a stone:
He cannot choose but hear;
And thus spake on that ancient man,
The bright-eyed Mariner.

LA BALLATA DEL VECCHIO MARINAIO

Parte Prima

Un vecchio marinaio incontra tre damerini invitati a un matrimonio e ne ferma uno.

C'era un vecchio marinaio,
che fermò uno dei tre:
« Per la tua gran barba grigia, per il tuo occhio lucente,
perché mai or mi trattieni?

Le porte dello sposo son già tutte spalancate,
e io sono un parente stretto;
gli ospiti sono riuniti, il banchetto è pronto:
puoi sentir l'allegro baccano ».

Lo tiene con la mano scarna:
« C'era una nave... » prese a dire.
« Vattene! Lasciami andare, vagabondo dalla barba grigia! »
E subito la mano si ritrasse.

L'invitato è impietrito dallo sguardo del vecchio marinaio e costretto ad ascoltare il suo racconto.

Lo tiene con l'occhio lucente.
L'ospite del banchetto rimane immobile,
e ascolta come un bambino di tre anni:
il marinaio ha catturato la sua volontà.

E l'ospite siede su una pietra:
non può fare a meno di ascoltare.
Così parlò il vecchio,
il marinaio dall'occhio lucente:

'The ship was cheered, the harbour cleared,
Merrily did we drop
Below the kirk, below the hill,
Below the lighthouse top.

The Mariner tells how the ship sailed southward with a good wind and fair weather, till it reached the line.

The sun came up upon the left,
Out of the sea came he!
And he shone bright, and on the right
Went down into the sea.

Higher and higher every day,
Till over the mast at noon – '
The Wedding-Guest here beat his breast,
For he heard the loud bassoon.

The Wedding-Guest heareth the bridal music; but the Mariner continueth his tale.

The bride hath paced into the hall,
Red as a rose is she;
Nodding their heads before her goes
The merry minstrelsy.

The Wedding-Guest he beat his breast,
Yet he cannot choose but hear;
And thus spake on that ancient man,
The bright-eyed Mariner.

The ship driven by a storm toward the south pole.

And now the STORM-BLAST came, and he
Was tyrannous and strong:
He struck with his o'ertaking wings,
And chased us south along.

With sloping masts and dipping prow,
As who pursued with yell and blow
Still treads the shadow of his foe,
And forward bends his head,

« La nave era salpata, il porto era distante,
navigavamo allegramente
sotto la chiesa, sotto la collina,
sotto la punta del faro.

Il marinaio racconta di come la nave veleggiava verso sud, con vento favorevole e bel tempo, fino a raggiungere l'equatore.

Il Sole si levò alla nostra sinistra,
sorse dal mare.
Brillò splendente e a destra
ridiscese nel mare.

Ogni giorno più alto,
fin sopra sopra all'albero, a mezzogiorno... ».
Ma l'ospite si batte il petto,
perché sente il grave suono del fagotto.

L'invitato sente la musica delle nozze, ma il marinaio prosegue il suo racconto.

La sposa ha fatto ingresso nella sala,
vermiglia come una rosa;
e danzando a tempo la precede
un gruppo di allegri menestrelli.

L'ospite si batte il petto,
ma non può fare a meno di ascoltare.
Così parlò il vecchio,
il marinaio dallo sguardo lucente:

La nave viene sospinta da un fortunale verso il polo sud.

« Ed ecco che scoppiò la TEMPESTA*,*
potente e crudele;
colpì con le sue ali implacabili,
e ci spinse verso sud.

Con gli alberi piegati e la prua immersa
come chi, inseguito da urla e colpi,
ancora calpesta l'ombra del suo nemico.
Con la testa china in avanti,

The ship drove fast, loud roared the blast,
And southward aye we fled.

And now there came both mist and snow,
And it grew wondrous cold:
And ice, mast-high, came floating by,
As green as emerald.

The land of ice and of fearful sounds where no living thing was to be seen.

And through the drifts the snowy clifts
Did send a dismal sheen:
Nor shapes of men nor beasts we ken –
The ice was all between.

The ice was here, the ice was there,
The ice was all around:
It cracked and growled, and roared and howled,
Like noises in a swound!

Till a great sea-bird, called the Albatross came through the snow-fog, and was received with great joy and hospitality.

At length did cross an Albatross,
Thorough the fog it came;
As if it had been a Christian soul,
We hailed it in God's name.

It ate the food it ne'er had eat,
And round and round it flew.
The ice did split with a thunder-fit;
The helmsman steered us through!

And lo! the Albatross proveth a bird of good omen, and followeth the ship as it returned northward through fog and floating ice.

And a good south wind sprung up behind;
The Albatross did follow,
And every day, for food or play,
Came to the mariners's hollo!

la nave andava veloce, forte ruggiva la bufera,
e c'inoltravamo sempre più verso sud.

Poi sopraggiunsero la nebbia e la neve,
e calò un freddo terribile:
il ghiaccio, alto come l'albero maestro, galleggiava d'intorno,
verde come smeraldo.

Ecco la terra di ghiaccio e di suoni terrificanti ove non si vede alcun essere vivente.

E tra le correnti, i dirupi innevati
emanavano tetri bagliori:
non si scorgevano forme umane o animali
ma solo ghiaccio, ghiaccio eterno.

Il ghiaccio era qui, là,
ovunque:
scricchiolava e borbottava, tuonava e urlava,
come i suoni che si odono nel deliquio!

Finché un grande uccello di mare, chiamato ALBATRO, sbucò dalla tormenta e venne ospitalmente accolto con gran gioia.

Infine ci imbattemmo in un albatro:
giunse attraverso la nebbia;
e come se fosse un'anima cristiana,
lo salutammo in nome di Dio.

Mangiò cibo che non aveva mai mangiato prima,
e continuò a volarci intorno.
Il ghiacciò si spezzò con un boato
e il timoniere ci condusse attraverso di esso!

E ahimé, l'albatro sembra un uccello portafortuna e segue la nave mentre torna verso nord, tra nebbie e ghiacci galleggianti.

Un vento benigno si levò da sud alle nostre spalle;
l'albatro ci seguì,
e ogni giorno, per mangiare o giocare,
veniva a ricevere il saluto dei marinai!

In mist or cloud, on mast or shroud,
It perched for vespers nine;
Whiles all the night, through fog-smoke white,
Glimmered the white moon-shine.'

The ancient Mariner inhospitably killeth the pious bird of good omen.

'God save thee, ancient Mariner!
From the fiends, that plague thee thus!
Why look'st thou so?' – With my cross-bow
I shot the ALBATROSS.

Nella nebbia o fra le nubi, sull'albero o sul sartiame
si appollaiò per nove sere;
mentre di notte, attraverso un candore velato,
risplendeva il bianco raggio della Luna ».

Il vecchio marinaio, inospitale, uccide il pio volatile di buon augurio

« Che Dio ti salvi, vecchio marinaio,
dal demone che ti affligge in questo modo!
Ma che ti succede? » « Con la mia balestra
*uccisi l'*ALBATRO. »

Part II

The Sun now rose upon the right:
Out of the sea came he,
Still hid in mist, and on the left
Went down into the sea.

And the good south wind still blew behind,
But no sweet bird did follow,
Nor any day for food or play
Came to the mariner's hollo!

His shipmates cry out against the ancient Mariner, for killing the bird of good luck.

And I had done a hellish thing,
And it would work 'em woe:
For all averred, I had killed the bird
That made the breeze to blow.
Ah wretch! said they, the bird to slay,
That made the breeze to blow!

But when the fog cleared off, they justify the same, and thus make themselves accomplices in the crime.

Nor dim nor red, like God's own head,
The glorious Sun uprist:
Then all averred, I had killed the bird
That brought the fog and mist.
'Twas right, said they, such birds to slay,
That bring the fog and mist.

The fair breeze continues; the ship enters the Pacific Ocean, and sails northward, even till it reaches the Line.

Parte Seconda

« Il Sole ora sorgeva a destra:
emergeva dal mare,
ancora nascosto nella nebbia, e a sinistra
sprofondava ancora nel mare.

Il vento benigno del sud soffiava ancora dietro di noi,
ma nessun grazioso uccello ci seguiva,
e mai più per mangiare o giocare
venne a ricevere il saluto dei marinai!

I compagni si adirano col vecchio marinaio perché ha ucciso l'uccello portafortuna.

Avevo compiuto un'azione malvagia,
che avrebbe portato dolore e lutti:
poiché, lo dissero tutti, avevo ucciso l'uccello
che faceva soffiare la brezza.
"Ah, sciagurato! – dicevano. – Uccidere l'uccello
che ci aveva portato il vento favorevole."

Ma non appena la nebbia svanisce, tutti lo giustificano e quindi si rendono complici del delitto.

Né debole né rosso, quasi fosse lo stesso volto di Dio,
il Sole glorioso si levò:
allora tutti affermarono che avevo ucciso l'uccello
che portava con sé nebbia e nubi.
"È stato un bene – dicevano – uccidere un tale uccello,
che portava nebbia e nubi."

La brezza favorevole continua a soffiare; la nave arriva all'oceano Pacifico e veleggia verso nord sino a giungere all'equatore.

The fair breeze blew, the white foam flew,
The furrow followed free;
We were the first that ever burst
Into that silent sea.

The ship hath been suddenly becalmed.

Down dropt the breeze, the sails dropt down,
'twas sad as sad could be;
And we did speak only to break
The silence of the sea!

All in a hot and copper sky,
The bloody Sun, at noon,
Right up above the mast did stand,
No bigger than the Moon.

Day after day, day after day,
We stuck, nor breath nor motion;
As idle as a painted ship
Upon a painted ocean.

And the Albatross begins to be avenged.

Water, water, every where,
And all the boards did shrink;
Water, water, every where
Nor any drop to drink.

The very deep did rot: O Christ!
That ever this should be!
Yea, slimy things did crawl with legs
Upon the slimy sea.

About, about in reel and rout
The death-fires danced at night;
The water, like a witch's oils
Burnt green, and blue and white.

Soffiava una dolce brezza, la bianca schiuma scorreva via,
la scia ci seguiva libera;
eravamo i primi a solcare
quel mare silenzioso.

La nave d'improvviso si ferma.

La brezza cadde, caddero le vele,
tutto era squallido e desolato quanto mai;
parlavamo solo per rompere
l'eterno silenzio del mare!

In un cielo torrido e color rame,
il sole di mezzogiorno, il sole dei dannati
era proprio sopra l'albero maestro,
non più grande della Luna.

Giorno dopo giorno e per altri giorni ancora,
restammo bloccati, senza un soffio di vento e senza muoverci;
immobili come una nave dipinta
che solca un oceano dipinto.

L'albatro ora si prende la sua vendetta.

Acqua, acqua ovunque,
le assi della nave si contrassero tutte;
acqua, acqua ovunque,
e nemmeno una goccia da bere.

Gli abissi stessi andavano in putrefazione. Oh Signore!
Chi l'avrebbe mai detto!
Sì, esseri viscidi strisciavano sulle zampe
sopra il mare denso e scivoloso.

Tutto intorno, in spirali e turbinii
i fuochi fatui danzavano nella notte;
l'acqua, come il filtro di una strega,
ribolliva verde, blu e bianca.

A Spirit had followed them; one of the invisible inhabitants of this planet, neither departed souls nor angels; concerning whom the learned Jew, Josephus, and the Platonic Constantinopolitan, Michael Psellus, may be consulted. They are very numerous, and there is no climate or element without one or more.

And some in dreams assuréd were
Of the Spirit that plagued us so;
Nine fathom deep he had followed us
From the land of mist and snow.

And every tongue, through utter drought,
Was withered at the root;
We could not speak, no more than if
We had been choked with soot.

The shipmates, in their sore distress, would fain throw the whole guilt on the ancient Mariner: in sign whereof they hang the dead sea-bird round his neck.

Ah! well a-day! what evil looks
Had I from old and young!
Instead of the cross, the Albatross
About my neck was hung.

Uno spirito li aveva seguiti, uno degli invisibili abitanti di questo pianeta, non un'anima dipartita o un angelo, ma uno di quegli esseri di cui hanno parlato il saggio ebreo Giuseppe [1] e Michele Psello [2], il platonico di Costantinopoli. Sono molto numerosi e non c'è alcun elemento o clima che n'è sprovvisto.

Qualcuno in sogno seppe
dello spirito che ci affliggeva in questo modo;
a nove braccia di profondità ci aveva seguito
dalla terra delle nebbie e della neve.

E ogni lingua, per l'arsura assoluta,
era inaridita fino alla radice;
non potevamo parlare, non più che se
fossimo soffocati da un velo di fuliggine.

I suoi compagni, nel loro dolore afflitto, vorrebbero gettare tutta la colpa addosso al vecchio marinaio: come segno di colpevolezza gli legano attorno al collo l'uccello morto.

Ah! Signore onnipotente, che sguardi feroci
ricevevo da giovani e vecchi!
Al posto della croce, l'albatro
mi venne appeso al collo.

[1]Giuseppe: *biblico patriarca ebreo, figlio di Giacobbe e Rachele, venne venduto dai fratelli ai mercanti diretti in Egitto e ceduto a Putifarre, ufficiale del faraone, ottenne onori e libertà per la sua saggezza e per la capacità di interpretare i sogni (Genesi, XXXVII - XLI).*

[2]Michele Psello: *erudito e filosofo bizantino (1018-1078), fu studioso di teologia, storia, matematica e musica. A lui dobbiamo la rinascita dell'interesse verso le opere di Aristotele e Platone negli ambienti culturali di Costantinopoli.*

Part III

There passed a weary time. Each throat
Was parched, and glazed each eye.
A weary time! a weary time!

The ancient Mariner beholdeth a sign in the element afar off.

How glazed each weary eye,
When looking westward, I beheld
A something in the sky.

At first it seemed a little speck,
And then it seemed a mist;
It moved and moved, and took at last
A certain shape, I wist.

A speck, a mist, a shape, I wist!
And still it neared and neared:
As if it dodged a water-sprite,
It plunged and tacked and veered.

At its nearer approach, it seemeth him to be a ship; and at a dear ransom he freeth his speech from the bonds of thirst.

With throats unslaked, with black lips baked,
We could nor laugh nor wail;
Through utter drought all dumb we stood!
I bit my arm, I sucked the blood,
And cried, A sail! a sail!

With throats unslaked, with black lips baked,
Agape they heard me call:

Parte Terza

Così trascorse un tempo infelice. Le gole
eran secche, gli occhi vitrei.
Un tempo infelice! Un tempo infelice!

Il vecchio marinaio scorge un segno in lontananza.

Come luccicavano gli occhi stanchi!
Quando, guardando verso ovest, scorsi
qualcosa nel cielo.

All'inizio era solo un puntino
poi sembrò una nuvola di nebbia;
continuava a muoversi, e infine
assunse un aspetto preciso.

Un punto, una nuvola, una forma definita!
E si avvicinava sempre più:
e come per eludere un fantasma delle acque,
si immergeva, virava, si girava.

Al suo approssimarsi gli sembra una nave; e, a caro prezzo, egli libera il suo discorso dai legami della sete.

Con la gola prosciugata, con le nere labbra bruciate,
non potevamo né ridere né gridare;
nell'arsura assoluta restammo tutti muti!
Mi morsi il braccio, ne succhiai il sangue,
e strillai: "Una vela! Una vela!".

Con la gola prosciugata, con le nere labbra bruciate,
attoniti mi sentirono urlare.

A flash of joy;

Gramercy! they for joy did grin,
And all at once their breath drew in,
As they were drinking all.

And horror follows. For can it be a ship that comes onward without wind or tide?

See! see! (I cried) she tacks no more!
Hither to work us weal;
Without a breeze, without a tide,
She steadies with upright keel!

The western wave was all a-flame.
The day was well nigh done!
Almost upon the western wave
Rested the broad bright Sun;
When that strange shape drove suddenly
Betwixt us and the Sun.

It seemeth him but the skeleton of a ship.

And straight the Sun was flecked with bars,
(Heaven's Mother send us grace!)
As if through a dungeon-grate he peered
With broad and burning face.

Alas! (thought I, and my heart beat loud)
How fast she nears and nears!
Are those *her* sails that glance in the Sun,
Like restless gossameres?

And its ribs are seen as bars on the face of the setting Sun. The Spectre-Woman and her Death-mate, and no other on board the skeleton-ship. Like vessel, like crew!

Are those *her* ribs through which the Sun
Did peer, as through a grate?
And is that Woman all her crew?
Is that a DEATH? and are there two?
Is DEATH that woman's mate?

Un lampo di gioia;
Grazie al cielo! ghignarono dalla gioia,
e all'unisono esalarono un respiro,
come dopo un'ampia sorsata.

E sopravviene l'orrore. Come può essere che una nave avanzi senza vento né corrente?

"Guardate! Guardate! – gridai. – Non cambia più rotta!
Viene qui a salvarci."
Senza brezza, senza corrente,
procede ferma con la chiglia diritta.

L'onda a occidente era in fiamme;
il giorno era prossimo alla fine.
Quasi sopra l'onda a occidente
stava il grande Sole splendente;
quando la strana forma si frappose improvvisamente
fra noi e il Sole.

Gli appare solo lo scheletro di una nave.

E subito il Sole si striò di sbarre
(che la Madre Celeste ci protegga!)
come se guardasse attraverso la finestra di una segreta
con la sua grande faccia infuocata.

"Ahimé! – pensai, e il mio cuore batteva forte. –
Come si avvicina in fretta!
Sono quelle le sue *vele, splendenti al sole*
come inquieti fili di ragnatela?"

E le sue coste sembrano come sbarre davanti al Sole. La Donna-spettro e la sua mortifera compagna erano le sole presenze sulla nave-scheletro. Che vascello, che equipaggio!

Sono quelle coste le sue *travature*
che striano il Sole, quasi fosse dietro un cancello?
Ed è quella donna tutto il suo equipaggio?
È la MORTE*? Ma sono forse due?*
Forse è la MORTE *la compagna di quella donna?*

Her lips were red, *her* looks were free,
Her locks were yellow as gold:
Her skin was as white as leprosy,
The nightmare LIFE-IN-DEATH was she,
Who thicks man's blood with cold.

Death and Life-in-Death have diced for the ship's crew, and she (the latter) winneth the ancient Mariner.

The naked hulk alongside came,
And the twain were casting dice;
'The game is done! I've won! I've won!'
Quoth she, and whistles thrice.

No twilight within the courts of the Sun.

The Sun's rim dips; the stars rush out:
At one stride comes the dark
With far-heard whisper, o'er the sea,
Off shot the spectre-bark.

At the rising of the Moon,

We listened and looked sideways up!
Fear at my heart, as at a cup,
My life-blood seemed to sip!
The stars were dim, and thick the night,
The steersman's face by his lamp gleamed white;

From the sails the dew did drip –
Till clomb above the eastern bar
The hornéd Moon, with one bright star
Within the nether tip.

One after another,

One after one, by the star-dogged Moon,
Too quick for groan or sigh,
Each turned his face with a ghastly pang,
And cursed me with his eye.

His shipmates drop down dead.

Four times fifty living men,
(And I heard nor sigh nor groan)
With heavy thump, a lifeless lump,
They dropped down one by one.

Le sue *labbra erano rosse, aperto il* suo *sguardo,*
le sue chiome colore dell'oro:
la sua pelle era bianca come per la lebbra,
era l'incubo della VITA-NELLA-MORTE,
che raggela il sangue degli uomini.

La Morte e la Vita-nella-Morte si giocano a dadi la ciurma della nave e lei (la seconda) vince il vecchio marinaio.

Quella nuda carcassa ci passò accanto,
con le due donne che giocavano a dadi.
"Il gioco è fatto! Ho vinto! Ho vinto!"
dichiarò lei, e fischiò tre volte.

Nessun crepuscolo entro le corti del Sole.

Il disco del Sole s'immerse, comparvero le stelle
e subito calò l'oscurità;
con un fruscìo lontano sul mare,
fugge il vascello fantasma.

Allo spuntare della Luna,

Noi ascoltavamo e guardavamo in alto!
Come da una coppa, la paura che mi sconvolgeva il cuore
sembrava sorseggiare la mia linfa vitale!
Le stelle erano velate, e densa era la notte,
il volto del timoniere splendeva livido alla sua luce;

dalle vele trasudava la rugiada...
finché dalla fiancata orientale salì
il corno della Luna, con una stella lucente
accanto all'estremità inferiore.

Uno dopo l'altro,

Un dopo l'altro, sotto la Luna inseguita dalla stella,
troppo in fretta per gemere o sospirare,
ognuno volse la faccia con un'angoscia atroce,
e mi maledisse con lo sguardo.

I suoi compagni cadono morti.

Quattro volte cinquanta uomini vivi,
(e non sentii né un sospiro né un lamento)
con un pesante tonfo, in un ammasso senza vita,
caddero uno per uno.

But Life-in-Death begins her work on the ancient Mariner.

The souls did from their bodies fly, –
They fled to bliss or woe!
And every soul, it passed me by,
Like the whizz of my cross-bow!

Ma la Vita-nella-Morte inizia la sua opera
contro il vecchio marinaio.

Le anime abbandonarono i loro corpi
per volare verso la beatitudine, o la miseria!
Ogni anima mi passò accanto,
come il sibilo della mia balestra! »

Part IV

The Wedding-Guest feareth that a Spirit is talking to him;

'I fear thee, ancient Mariner!
I fear thy skinny hand!
And thou art long, and lank, and brown,
As is the ribbed sea-sand.

I fear thee and thy glittering eye,
And thy skinny hand, so brown' –

But the ancient Mariner assureth him of his bodily life, and proceedeth to relate his horrible penance.

Fear not, fear not, thou Wedding-Guest!
This body dropt not down.

Alone, alone, all, all alone,
Alone on a wide, wide sea!
And never a saint took pity on
My soul in agony.

He despiseth the creatures of the calm.

The many men, so beautiful!
And they all dead did lie:
And a thousand thousand slimy things
Lived on; and so did I.

I looked upon the rotting sea,
And drew my eyes away;
I looked upon the rotting deck
And there the dead men lay.

Parte Quarta

L'invitato al matrimonio viene preso dal terrore che gli stia parlando uno spettro,

« Mi fai paura, vecchio marinaio,
ho paura della tua mano scarna!
Sei lungo, sottile e scuro
come la ruvida sabbia del mare.

Temo te e il tuo occhio lucente,
e la tua mano ossuta, così scura... »

Ma il vecchio marinaio lo assicura di essere un uomo in carne e ossa e prosegue il racconto della sua terribile esperienza.

« Non avere paura, ospite del banchetto nuziale!
Questo corpo non cadde.

Ero solo, completamente solo,
solo su un mare sconfinato!
E nessun santo ebbe pietà
della mia anima agonizzante.

Egli disprezza le creature che gli appaiono nella bonaccia.

Quei molti uomini e la loro bellezza
giacevano tutti morti;
e migliaia e migliaia di creature viscide
continuavano a vivere; e così pure io.

Rimasi a guardare il mare in putrefazione,
poi distolsi lo sguardo;
gettai uno sguardo al ponte fradicio,
e là giacevano i morti.

And envieth that they should live, and so many lie dead.

I looked to heaven, and tried to pray;
But or ever a prayer had gusht,
A wicked whisper came, and made
My heart as dry as dust.

I closed my lids, and kept them close,
And the balls like pulses beat;
For the sky and the sea, and the sea and the sky
Lay like a load on my weary eye,
And the dead were at my feet.

But the curse liveth for him in the eye of the dead men.

The cold sweat melted from their limbs,
Nor rot nor reek did they:
The look with which they looked on me
Had never passed away.

An orphan's curse would drag to hell
A spirit from on high;
But oh! more horrible than that
Is the curse in a dead man's eye!
Seven days, seven nights, I saw that curse,
And yet I could not die.

In his loneliness and fixedness he yearneth towards the journeying Moon, and the stars that still sojourn, yet still move onward; and every where the blue sky belongs to them, and is their appointed rest, and their native country and their own natural homes, which they enter unannounced, as lords that are certainly expected and yet there is a silent joy at their arrival.

The moving Moon went up the sky,
And no where did abide:
Softly she was going up
And a star or two beside –

E deplora che essi avrebbero potuto vivere, mentre così tanti giacciono morti.

Scrutai il cielo e provai a pregare;
ma quando una preghiera sgorgava dal mio intimo
sempre s'insinuava un perfido bisbiglio, che rendeva
il mio cuore arido come polvere.

Chiusi le palpebre, e le tenni chiuse,
ma gli occhi pulsavano come le vene dei polsi
perché cielo e mare e mare e cielo
sfinivano i miei occhi stanchi,
e i morti erano ai miei piedi.

Ma negli occhi dei morti vede la sua maledizione.

Un freddo umore colava dalle loro membra,
ma non marcivano né puzzavano:
e lo sguardo con cui mi avean giudicato
non li lasciò mai.

La maledizione di un orfano trascinerebbe all'inferno
uno spirito dal cielo;
Ma... oh! Più orribile di quella
è una maledizione negli occhi di un uomo morto!
Per sette giorni e sette notti, vidi quella maledizione,
e ancora non potevo morire.

Nella sua solitudine e fissità egli impreca alla Luna vagante e alle stelle che, pur ferme, si muovono in avanti; e il cielo blu è in ogni parte loro dominio ed è il loro rifugio stabilito, il loro luogo d'origine, il loro domicilio naturale, ove entrano senza preavviso, come padroni attesi con certezza e per il cui arrivo, tuttavia si prova silenziosa gioia.

La mobile Luna saliva in cielo,
senza indugiare nel suo cammino:
si levava dolcemente,
con una stella o due accanto.

Her beams bemocked the sultry main,
Like April hoar-frost spread;
But where the ship's huge shadow lay,
The charméd water burnt alway
A still and awful red.

By the light of the Moon he beholdeth God's creatures of the great calm.

Beyond the shadow of the ship,
I watched the water-snakes:
They moved in tracks of shining white,
And when they reared, the elfish light
Fell off in hoary flakes.

Within the shadow of the ship
I watched their rich attire:
Blue, glossy green, and velvet black,
They coiled and swam; and every track
Was a flash of golden fire.

Their beauty and their happiness.

O happy living things! no tongue
Their beauty might declare:
A spring of love gushed from my heart,

He blesseth them in his heart.

And I blessed them unaware:
Sure my kind saint took pity on me,
And I blessed them unaware.

The spell begins to break.

The self-same moment I could pray;
And from my neck so free
The Albatross fell off, and sank
Like lead into the sea.

I suoi raggi si facevano beffe del soffocante oceano,
alla cui luce sembrava simile a un prato brinato d'aprile.
Ma dove si trovava l'immensa ombra della nave,
l'acqua incantata si infiammava
in un placido e terribile rosso.
Alla luce della Luna egli scopre le creature
di Dio che vivono nella grande bonaccia.
Oltre l'ombra della nave,
osservai le serpi d'acqua:
si muovevano con scie di bianco accecante
e, quando si drizzavano, la luce stregata
ricadeva in candidi fiocchi.

All'ombra della nave,
ammiravo la loro ricca veste:
blu, verde lucente e nero velluto;
si attorcigliavano e nuotavano; e ogni scia
era un lampo di fuoco dorato.
La loro bellezza e la loro felicità.
O felici creature viventi! nessuna lingua
potrebbe cantare la vostra bellezza:
una sorgente d'amore sgorgò dal mio cuore,
Le benedice nel suo cuore.
e inconsapevole le benedissi:
sicuramente il mio caro santo ebbe pietà di me,
perchè inconsapevole le benedissi.
L'incantesimo comincia a spezzarsi.
In quello stesso momento potei pregare;
e dal mio collo reso libero
cadde l'albatro, sprofondando
come piombo nel mare.

Part V

Oh sleep! it is a gentle thing,
Beloved from pole to pole!
To Mary Queen the praise be given!
She sent the gentle sleep from Heaven,
That slid into my soul.

By grace of the holy Mother, the ancient Mariner is refreshed with rain.

The silly buckets on the deck,
That had so long remained,
I dreamt that they were filled with dew;
And when I awoke, it rained.

My lips were wet, my throat was cold,
My garments all were dank;
Sure I had drunken in my dreams,
And still my body drank.

I moved, and could not feel my limbs:
I was so light-almost
I thought that I had died in sleep,
And was a blessèd ghost.

He heareth sounds and seeth strange sights and commotions in the sky and the element.

And soon I heard a roaring wind:
It did not come anear;
But with its sound it shook the sails,
That were so thin and sere.

The upper air burst into life!
And a hundred fire-flags sheen,

Parte Quinta

Oh, il sonno*! È una cosa tanto dolce,*
adorata in tutta la terra!
Sia lode a Maria Vergine!
Dal cielo ella inviò il sonno soave,
che scivolò nella mia anima.

Per grazia della Santa Madre il vecchio marinaio viene rinfrescato dalla pioggia.

I secchi inutili sul ponte,
ormai da lungo tempo vuoti,
sognai che si erano riempiti di rugiada;
e quando mi svegliai, pioveva.

Le mie labbra erano bagnate, la mia gola fresca,
i miei abiti fradici;
di sicuro avevo bevuto nel sogno,
e il mio corpo si dissetava ancora.

Mi mossi, e non potei sentire gli arti
per quanto ero leggero...
quasi credetti di essere morto nel sonno,
e di essere uno spettro benedetto.

Egli ode suoni e ha strane visioni e vede agitarsi il cielo e l'elemento marino.

Presto udii mugghiare il vento:
non si avvicinò;
ma con il suo rumore scuoteva le vele,
che erano troppo sottili e asciutte.

L'aria più in alto prese vita!
E un centinaio di bandiere di fuoco

To and fro they were hurried about!
And to and fro, and in and out,
The wan stars danced between.

And the coming wind did roar more loud,
And the sails did sigh like sedge;
And the rain poured down from one black cloud;
The Moon was at its edge.

The thick black cloud was cleft, and still
The Moon was at its side:
Like waters shot from some high crag,
The lightning fell with never a jag,
A river steep and wide.

The loud wind never reached the ship,
Yet now the ship moved on!
Beneath the lightning and the Moon
The dead men gave a groan.

The bodies of the ship's crew are inspired, and the ship moves on;

They groaned, they stirred, they all uprose,
Nor spake, nor moved their eyes;
It had been strange, even in a dream,
To have seen those dead men rise.

The helmsman steered, the ship moved on;
Yet never a breeze up blew;
The mariners all 'gan work the ropes,
Where they were wont to do
They raised their limbs like lifeless tools –
We were a ghastly crew.

The body of my brother's son
Stood by me, knee to knee:
The body and I pulled at one rope,
But he said nought to me.

si proiettarono di qua e di là.
E per ogni dove, dentro e fuori,
danzavano le pallide stelle.

E il vento che arrivava ruggì più forte,
e le vele sospirarono come l'erba selvatica mossa dalla brezza
e la pioggia cadde da una nuvola nera;
la Luna ne lambiva l'orlo.

La spessa nube nera si aprì, e ancora
la Luna le stava accanto;
come una cascata d'acqua da un'alta rupe
i fulmini cadevano senza tregua,
come un fiume ripido e ampio.

Il forte vento non raggiunse mai la nave,
eppure la nave si mosse!
Sotto i lampi e la luna
i morti emisero un gemito.

I corpi degli uomini della ciurma sono infusi di energia e la nave salpa.

Gemettero, si svegliarono e si alzarono tutti,
ma non parlarono, né mossero lo sguardo.
Sarebbe stato strano, persino in sogno,
vedere quei morti levarsi!

Il timoniere teneva la barra, la nave si mosse;
tuttavia la brezza non soffiava;
tutti i marinai cominciarono a lavorare alle cime,
come erano soliti fare, dove erano soliti stare;
scossero le membra come attrezzi senza vita...
eravamo un equipaggio di spettri.

Il corpo del figlio di mio fratello
mi stava vicino, fianco a fianco:
io e questo essere rianimato tirammo una cima,
ma egli non mi disse una parola. »

'I fear thee, ancient Mariner!'

But not by the souls of the men, nor by dæmons of earth or middle air, but by a blessed troop of angelic spirits, sent down by the invocation of the guardian saint.

Be calm, thou Wedding-Guest!
'Twas not those souls that fled in pain,
Which to their corses came again,
But a troop of spirits blest:

For when it dawned-they dropped their arms,
And clustered round the mast;
Sweet sounds rose slowly through their mouths,
And from their bodies passed.

Around, around, flew each sweet sound,
Then darted to the Sun
Slowly the sounds came back again,
Now mixed, now one by one.

Sometimes a-dropping from the sky
I heard the sky-lark sing;
Sometimes all little birds that are,
How they seemed to fill the sea and air
With their sweet jargoning!

And now 'twas like all instruments
Now like a lonely flute;
And now it is an angel's song,
That makes the heavens be mute.

It ceased; yet still the sails made on
A pleasant noise till noon,
A noise like of a hidden brook
In the leafy month of June,
That to the sleeping woods all night
Singeth a quiet tune.

« Ho paura di te, vecchio marinaio! »

Non sono le anime degli uomini, né demoni della terra o dell'aria, bensì una schiera benedetta di spiriti angelici inviata per invocazione del suo santo protettore.

« Sta' tranquillo, ospite del banchetto!
Quelle non erano anime fuggite nell'angoscia,
che tornavano ai loro corpi,
ma un esercito di spiriti benedetti.

Infatti quando fu l'alba... lasciaron cadere le braccia,
e si raggrupparono attorno all'albero;
note soavi si levarono lentamente dalle loro bocche,
e si sprigionarono dai loro corpi.

Tutt'intorno, volò ognuno di quei dolci suoni,
per poi dirigersi verso il Sole;
lentamente i suoni ripresero,
ora confusi, ora distinti.

A volte dal cielo
udivo scendere il canto dell'allodola;
a volte tutti i piccoli uccelli esistenti,
come se riempissero il mare e l'aria
con il loro linguaggio soave.

Ora era come l'insieme di tutti gli strumenti,
ora come un flauto solitario;
ora era la canzone di un angelo,
che ammutolisce i cieli.

Si interruppe; ma ancora le vele generarono
un piacevole suono fino a mezzogiorno,
un suono come di un ruscello nascosto
nel rigoglioso mese di giugno,
che ai boschi addormentati tutta la notte
canta un'aria sommessa.

Till noon we quietly sailed on,
Yet never a breeze did breathe:
Slowly and smoothly went the ship,
Moved onward from beneath.

The lonesome Spirit from the south-pole carries on the ship as far as the Line, in obedience to the angelic troop, but still requireth vengeance.

Under the keel nine fathom deep,
From the land of mist and snow,
The Spirit slid: and it was he.
That made the ship to go.
The sails at noon left off their tune,
And the ship stood still also.

The Sun, right up above the mast,
Had fixed her to the ocean:
But in a minute she 'gan stir,
With a short uneasy motion –
Backwards and forwards half her length
With a short uneasy motion.

Then like a pawing horse let go,
She made a sudden bound:
It flung the blood into my head,
And I fell down in a swound.

The Polar Spirit's fellow-dæmons, the invisible inhabitants of the element, take part in his wrong; and two of them relate, one to the other, that penance long and heavy for the ancient Mariner hath been accorded to the Polar Spirit, who returneth south-ward.

How long in that same fit I lay,
I have not to declare;
But ere my living life returned,
I heard and in my soul discerned
Two voices in the air.

Fino a mezzogiorno navigammo tranquillamente,
eppure non ci fu mai un alito di vento;
lentamente e senza scosse andava la nave,
sospinta dagli abissi.

Lo spirito solitario dal polo sud spinge la nave verso l'equatore, obbediente alla schiera angelica, ma ancora chiede vendetta.

Sotto la chiglia, a nove braccia,
dalla terra delle nebbie e della neve,
scivolava lo spirito: ed era lui
a sospingere la nave.
Le vele a mezzogiorno posero fine alla loro melodia,
e anche la nave fu nuovamente ferma.

Il Sole, proprio sopra l'albero maestro,
la vide immobile nel mare:
ma in un attimo prese a muoversi,
con movimento rapido e precario...
Indietro e avanti per metà della sua lunghezza,
con movimento rapido e precario.

Poi, come un cavallo scalpitante cui vengono lasciate le briglie,
fece un balzo improvviso:
il sangue mi andò alla testa,
e caddi svenuto.

I demoni amici dello spirito polare, gli invisibili abitanti dell'elemento prendono parte alla sua punizione e due di essi si raccontano quale lunga e terribile penitenza è stata decisa dallo spirito polare che torna verso sud.

Quanto a lungo giacqui in quello stato
non posso dire;
ma, prima che mi riprendessi,
sentii e percepii distintamente dentro di me
due voci nell'aria.

'Is it he?' quoth one, 'Is this the man?
By Him who died on cross,
With his cruel bow he laid full low
The harmless Albatross.

The Spirit who bideth by himself
In the land of mist and snow,
He loved the bird that loved the man
Who shot him with his bow.'

The other was a softer voice,
As soft as honey-dew:
Quoth he, 'The man hath penance done,
And penance more will do.'

"È lui? – chiese la prima. – È questo l'uomo?
Per colui che morì sulla croce,
con il suo arco crudele ha abbattuto
l'albatro innocente."

Lo spirito che vive solitario
nella terra delle nebbie e della neve
amava l'uccello che amava l'uomo
che lo uccise con il suo arco."

L'altra era una voce più delicata,
dolce come gocce di miele.
"L'uomo ha fatto penitenza – prese a dire, –
ma subirà un altro castigo."

Part VI

First Voice

'But tell me, tell me! speak again,
Thy soft response renewing –
What makes that ship drive on so fast?
What is the ocean doing?'

Second Voice

'Still as a slave before his lord,
The ocean hath no blast;
His great bright eye most silently
Up to the Moon is cast –

If he may know which way to go;
For she guides him smooth or grim.
See, brother, see! how graciously
She looketh down on him.'

The Mariner hath been cast into a trance; for the angelic power causeth the vessel to drive northward faster than human life could endure.

First Voice

'But why drives on that ship so fast,
Without or wave or wind?'

Second Voice

'The air is cut away before,
And closes from behind.

Parte Sesta

Prima voce

“Ma dimmi, dimmi, parla ancora,
riprendendo la tua dolce risposta...
Cos’è che spinge la nave tanto veloce?
Che cosa intende fare l’oceano?”

Seconda voce

“Fermo come uno schiavo davanti al suo padrone,
il vento dell’oceano è cessato.
Il suo grande occhio splendente in silenzio
si è rivolto in alto, alla Luna...

e ossequioso domanda in che direzione andare,
poiché è lei che lo rende tranquillo o feroce.
Guarda, fratello, guarda! Con quanta grazia
lo osserva dall’alto.”

Il marinaio è caduto in deliquio poiché lo spirito angelico spinge il vascello verso nord più velocemente di quanto un essere umano possa sopportare.

Prima voce

“Ma perché quella nave avanza così in fretta,
senza onda e senza vento?”

Seconda voce

“L’aria le si apre davanti,
e si richiude alle sue spalle.

Fly, brother, fly! more high, more high!
Or we shall be belated:
For slow and slow that ship will go,
When the Mariner's trance is abated.'

The supernatural motion is retarded; the Mariner awakes, and his penance begins anew.

I woke, and we were sailing on
As in a gentle weather:
'Twas night, calm night, the moon was high,
The dead men stood together.

All stood together on the deck,
For a charnel-dungeon fitter:
All fixed on me their stony eyes,
That in the Moon did glitter.

The pang, the curse, with which they died,
Had never passed away:
I could not draw my eyes from theirs,
Nor turn them up to pray.

The curse is finally expiated.

And now this spell was snapt: once more
I viewed the ocean green
And looked far forth, yet little saw
Of what had else been seen –

Like one, that on a lonesome road
Doth walk in fear and dread,
And having once turned round walks on,
And turns no more his head;
Because he knows, a frightful fiend
Doth close behind him tread.

But soon there breathed a wind on me,
Nor sound nor motion made:
Its path was not upon the sea,
In ripple or in shade.

Vola, fratello, vola! Più in alto, più in alto!
O saremo in ritardo:
perché la nave andrà sempre più lenta,
quando il marinaio si riprenderà."

La spinta soprannaturale viene meno; il marinaio si sveglia e la sua penitenza ricomincia.

Mi svegliai, e stavamo navigando
come con il tempo favorevole:
era notte, una notte calma, la Luna era alta;
i morti giacevano vicini.

Stavano tutti insieme sul ponte,
come per la deposizione in un ossario:
tutti fissavano su di me i loro occhi di pietra,
che brillavano sotto la Luna.

L'angoscia e la maledizione che li accompagnarono nella morte
non se ne andavano mai:
non potevo distogliere il mio sguardo da loro,
né levarlo per pregare.

La maledizione è finalmente compiuta.

Ma ora l'incantesimo si ruppe: ancora una volta
vidi l'oceano verde,
e guardavo lontano, ma vidi poco
di quanto era stato visto...

come un viandante che su una strada solitaria
procede nella paura e nel terrore,
ed essendosi girato una volta, continua a camminare,
e non volge più la testa
perché sa che un terribile demone
procede dietro ai suoi passi.

Ma presto soffiò il vento su di me,
senza generare rumore o movimento:
il suo procedere non riguardava il mare,
la cresta dell'onda o l'ombra.

It raised my hair, it fanned my cheek
Like a meadow-gale of spring –
It mingled strangely with my fears,
Yet it felt like a welcoming.

Swiftly, swiftly flew the ship,
Yet she sailed softly too:
Sweetly, sweetly blew the breeze –
On me alone it blew.

And the ancient Mariner beholdeth his native country.

Oh! dream of joy! is this indeed
The light-house top I see?
Is this the hill? is this the kirk?
Is this mine own countree?

We drifted o'er the harbour-bay,
And I with sobs did pray –
O let me be awake, my God!
Or let me sleep alway.

The harbour-bay was clear as glass,
So smoothly it was strewn!
And on the bay the moonlight lay,
And the shadow of the moon.

The rock shone bright, the kirk no less,
That stands above the rock:
The moonlight steeped in silentness
The steady weathercock.

And the bay was white with silent light,
Till rising from the same,

The angelic spirits leave the dead bodies,

Full many shapes, that shadows were,

And appear in their own forms of light.

In crimson colours came.

Scompigliò i miei capelli, soffiò sulle mie guance,
come una brezza sui prati a primavera.
Stranamente si mischiò alle mie paure,
e tuttavia mi sembrò un benvenuto.

Velocemente andava la nave,
eppure navigava in silenzio:
Dolcemente soffiava la brezza...
soffiava solo su di me.

E il vecchio marinaio scorge il suo paese natìo.

Oh! Sogno di gioia! È davvero
la sommità del faro quella che vedo?
E quella è la collina? E quella la chiesa?
Questo è il mio paese?

Scivolammo nella baia del porto,
e fra i singhiozzi pregai...
"Fammi svegliare, mio Dio!
O fammi dormire per sempre."

L'acqua era trasparente come vetro,
tanto serenamente era distesa!
E sulla baia rifulgevano alte la luce
e l'ombra della Luna.

Gli scogli splendevano, e non di meno la chiesa
che sta sopra la rupe.
Il chiaro di luna bagnava in silenzio
la banderuola immobile.

La baia era candida nella luce quieta,
finché sorgendo da essa,

Gli spiriti angelici lasciano i corpi defunti,

tante forme, che erano ombre,

E appaiono nella loro forma di luce.

si definirono in tinte purpuree.

A little distance from the prow
Those crimson shadows were:
I turned my eyes upon the deck –
Oh, Christ! what saw I there!

Each corse lay flat, lifeless and flat,
And, by the holy rood!
A man all light, a seraph-man,
On every corse there stood.

This seraph-band, each waved his hand;
It was a heavenly sight!
They stood as signals to the land,
Each one a lovely light;

This seraph-band, each waved his hand,
No voice did they impart –
No voice; but oh! the silence sank
Like music on my heart.

But soon I heard the dash of oars,
I heard the Pilot's cheer;
My head was turned perforce away,
And I saw a boat appear.

The Pilot and the Pilot's boy,
I heard them coming fast:
Dear Lord in Heaven! it was a joy
The dead men could not blast.

I saw a third – I heard his voice:
It is the Hermit good!
He singeth loud his godly hymns
That he makes in the wood.
He'll shrieve my soul, he'll wash away
The Albatross's blood.

A poca distanza dalla prua
stavano queste ombre purpuree:
volsi lo sguardo sul ponte...
O, Signore! Che cosa vi vidi!

Ogni cadavere giaceva disteso, senza vita e disteso,
e, per la Santa Croce!,
un essere di sola luce, un angelo
era là, su ogni corpo.

Ogni soldato della serafica schiera faceva cenno con la mano:
era una visione paradisiaca!
Stavano come fanali sulla costa,
ognuno come una luce gentile;

Ogni soldato della serafica schiera faceva cenno con la mano
ma non si levava alcuna voce...
alcuna voce; ma, oh! Il silenzio discese
come musica sul mio cuore.

Ben presto sentii un tonfo di remi,
udii il saluto del pilota del porto;
volsi il capo di scatto
e vidi apparire una barca.

Sentii il pilota del porto e il suo aiuto
avvicinarsi in fretta.
Signore dei Cieli! Fu una gioia
che i morti non poterono guastare.

Vidi un terzo... sentii la sua voce:
è il buon eremita!
Canta forte i suoi inni sacri
che compone nella foresta.
Assolverà la mia anima, e forse laverà via
il sangue dell'albatro innocente.

Part VII

The Hermit of the Wood

This Hermit good lives in that wood
Which slopes down to the sea.
How loudly his sweet voice he rears!
He loves to talk with marineres
That come from a far countree.

He kneels at morn, and noon, and eve –
He hath a cushion plump:
It is the moss that wholly hides
The rotted old oak-stump.

The skiff-boat neared: I heard them talk,
'Why, this is strange, I trow!
Where are those lights so many and fair,
That signal made but now?'

Approacheth the ship with wonder.

'Strange, by my faith!' the Hermit said –
'And they answered not our cheer!
The planks look warped! and see those sails,
How thin they are and sere!
I never saw aught like to them,

Unless perchance it were
Brown skeletons of leaves that lag
My forest-brook along;
When the ivy-tod is heavy with snow,
And the owlet whoops to the wolf below,
That eats the she-wolf's young.'

Parte Settima

L'eremita della foresta
Il buon eremita vive nella foresta
che lambisce il mare.
Quanto innalza la sua dolce voce!
Ama parlare con i marinai
che arrivano da paesi lontani.

Si inginocchia al mattino, a mezzogiorno e a sera...
Possiede un morbido cuscino:
è il muschio che ricopre interamente
il vecchio tronco di quercia marcito.

La piccola imbarcazione si avvicinò: li sentivo parlare:
"È strano, mi pare!
Dove sono ora quelle luci così numerose e chiare
che facevano da segnale?".
Si avvicina alla nave con meraviglia.
"Strano invero, in fede mia! – disse l'eremita. –
E non hanno risposto al nostro saluto!
Le tavole sono tutte deformate, e guardate quelle vele!
Come sono sottili e logore!
Non ho mai visto niente del genere,

tranne forse
gli scheletri bruni delle foglie che indugiano
lungo il ruscello nel bosco ove vivo,
quando i cespugli d'edera sono carichi di neve,
e il gufo urla al lupo
che sbrana i piccoli della lupa."

'Dear Lord! it hath a fiendish look –
(The Pilot made reply)
I am a-feared' – 'Push on, push on!'
Said the Hermit cheerily.

The boat came closer to the ship,
But I nor spake nor stirred;
The boat came close beneath the ship,
And straight a sound was heard.

The ship suddenly sinketh.

Under the water it rumbled on,
Still louder and more dread:
It reached the ship, it split the bay:
The ship went down like lead.

The ancient Mariner is saved in the Pilot's boat.

Stunned by that loud and dreadful sound,
Which sky and ocean smote
Like one that hath been seven days drowned
My body lay afloat;
But swift as dreams, myself I found
Within the Pilot's boat.

Upon the whirl, where sank the ship,
The boat spun round and round
And all was still, save that the hill
Was telling of the sound.

I moved my lips – the Pilot shrieked
And fell down in a fit;
The holy Hermit raised his eyes,
And prayed where he did sit.

I took the oars: the Pilot's boy,
Who now doth crazy go,
Laughed loud and long, and all the while
His eyes went to and fro.
'Ha! ha!' quoth he, 'full plain I see,

"Signore! Ha un aspetto ostile...
– replicò il pilota del porto. –
Ho paura" "Avanti, avanti!"
esclamò l'eremita gaiamente.

La barca si avvicinò alla nave,
ma non aprii bocca né mi mossi;
la barca accostò alla nave,
ed ecco che si sentì un rumore.

La nave d'improvviso affonda.

Rombava sotto il livello dell'acqua,
sempre più forte e terribile:
raggiunse la nave, squarciò la baia;
la nave colò a picco come piombo.

Il vecchio marinaio viene salvato dalla barca del pilota.

Stordito da quel terribile frastuono,
che si abbatté sul cielo e sull'oceano,
il mio corpo galleggiava
come quello di un uomo annegato da sette giorni;
ma con la rapidità degli eventi nei sogni, mi ritrovai
nella barca del pilota del porto.

Sul vortice, dove affondò la nave,
la barca continuava a roteare;
tutto era calmo, eccetto la collina
che riecheggiava il boato.

Mossi le labbra... il pilota del porto emise un grido
e cadde svenuto tra le convulsioni;
il santo eremita levò lo sguardo
e da dove sedeva si mise a pregare.

Impugnai i remi: l'aiuto del pilota del porto,
ora impazzito,
rise forte e a lungo, mentre
i suoi occhi roteavano a vuoto.
"Ah! Ah! – esclamò. – A quanto pare

The Devil knows how to row.'
And now, all in my own countree,
I stood on the firm land!
The Hermit stepped forth from the boat,
And scarcely he could stand.

The ancient Mariner earnestly entreateth the Hermit to shrieve him; and the penance of life falls on him.

'O shrieve me, shrieve me, holy man!'
The Hermit crossed his brow.
'Say quick,' quoth he, 'I bid thee say –
What manner of man art thou?'

Forthwith this frame of mine was wrenched
With a woful agony,
Which forced me to begin my tale;
And then it left me free.

And ever and anon through out his future life an agony constraineth him to travel from land to land,

Since then, at an uncertain hour,
That agony returns:
And till my ghastly tale is told
This heart within me burns.

I pass, like night, from land to land;
I have strange power of speech
That moment that his face I see,
I know the man that must hear me:
To him my tale I teach.

What loud uproar bursts from that door!
The wedding-guests are there:
But in the garden-bower the bride
And bride-maids singing are:
And hark the little vesper bell
Which biddeth me to prayer!

il diavolo sa anche remare."
Dunque, giunto nel mio paese,
mi ritrovai sulla terra ferma!
L'eremita scese dalla barca,
e si reggeva a stento.

Il vecchio marinaio con sincerità chiede all'eremita di assolverlo; e gli viene assegnata una penitenza per tutta la vita.

"Assolvimi, assolvimi, sant'uomo!"
L'eremita aggrottò le sopracciglia.
"Parla senza indugio – ordinò, – ti impongo di dirmi...
che razza di uomo sei?"

Istantaneamente il mio corpo fu sconquassato violentemente
da una triste inquietudine,
che mi costrinse a raccontare;
e poi mi lasciò in pace.

E per tutta la sua vita futura un'inquietudine lo costringerà a viaggiare da una terra a un'altra.

Da allora, a un'ora imprecisata,
l'inquietudine fa ritorno:
e fino a che non ho raccontato la mia spaventosa storia,
questo cuore brucia dentro di me.

Vado, come la notte, di terra in terra;
godo di un misterioso potere nella parola
nel momento in cui scorgo il suo volto,
riconosco l'uomo che mi deve ascoltare:
a lui narro la mia storia.

Che gran baccano viene da quella porta!
Gli invitati alle nozze sono là:
sotto il pergolato la sposa
canta spensierata con le damigelle;
ed ecco la piccola campana del vespro
che mi invita a pregare.

O Wedding-Guest! this soul hath been
Alone on a wide wide sea:
So lonely 'twas, that God himself
Scarce seemèd there to be.

O sweeter than the marriage-feast,
'Tis sweeter far to me,
To walk together to the kirk
With a goodly company! –

To walk together to the kirk,
And all together pray,
While each to his great Father bends,
Old men, and babes, and loving friends,
And youths and maidens gay!

And to teach, by his own example, love and reverence to all things that God made and loveth.

Farewell, farewell! but this I tell
To thee, thou Wedding-Guest!
He prayeth well, who loveth well
Both man and bird and beast.

He prayeth best, who loveth best
All things both great and small;
For the dear God who loveth us,
He made and loveth all.

The Mariner, whose eye is bright
Whose beard with age is hoar,
Is gone: and now the Wedding-Guest
Turned from the bridegroom's door.

He went like one that hath been stunned,
And is of sense forlorn:
A sadder and a wiser man,
He rose the morrow morn.

O invitato: quest'anima è rimasta
sola in un mare sconfinato;
tanto sola era, che Dio stesso
a malapena pareva essere là.

Più dolce del banchetto nuziale,
assai più dolce per me,
è avviarmi verso la chiesa,
in buona compagnia!...

Avviarsi verso la chiesa,
e pregare tutti insieme,
mentre ognuno si inchina al grande Padre,
vecchi, bambini e cari amici,
giovani e gaie fanciulle!

Deve insegnare, col suo esempio, amore e rispetto per tutto ciò che Dio ha creato e ama.

Addio, addio! Ma questo
ti dico, invitato al banchetto,
prega bene colui che ama profondamente
uomini, uccelli e animali.

Prega meglio colui che adora
ogni creatura, grande e piccola;
perché il buon Dio che ci ama
ha creato e ama ogni essere. »

Il marinaio dall'occhio lucente
e dalla barba incanutita per l'età
se n'è andato: e ora l'invitato al banchetto
si allontana dalla porta dello sposo.

Cammina come stordito,
come chi ha perduto i sensi:
uomo più triste e più saggio
si svegliò l'indomani.

Ottimo interprete di questo testo così complesso e affascinante si dimostra Gustave Doré (Strasburgo 1832-Parigi 1883), incisore e illustratore di grandi classici della letteratura quali *"La Divina Commedia"*, *"La Bibbia"*, *"Don Chisciotte della Mancha"*.
Nel 1875 Doré pubblicò le splendide incisioni proposte a fine volume, selezione di una più ampia serie di 38 tavole e quattro disegni create per commentare l'avventura terribile del vecchio marinaio.

IT IS AN ANCIENT MARINER,
AND HE STOPPETH ONE OF THREE.
'BY THY LONG GREY BEARD AND GLITTERING EYE,
NOW WHEREFORE STOPP'ST THOU ME?'

C'ERA UN VECCHIO MARINAIO,
CHE FERMÒ UNO DEI TRE:
« PER LA TUA GRAN BARBA GRIGIA, PER IL TUO OCCHIO LUCENTE,
PERCHÉ MAI OR MI TRATTIENI? ».

(PAG. 4/5)

It ate the food it ne'er had eat,
And round and round it flew.
The ice did split with a thunder-fit;
The helmsman steered us through!

Mangiò cibo che non aveva mai mangiato prima,
e continuò a volarci intorno.
Il ghiaccio si spezzò con un boato
e il timoniere ci condusse attraverso di esso!

(PAG. 8/9)

'God save thee, ancient Mariner!
From the fiends, that plague thee thus!
Why look'st thou so?' – With my cross-bow
I shot the albatross

*« Che Dio ti salvi, vecchio marinaio,
dal demone che ti affligge in questo modo!
Ma che ti succede? » « Con la mia balestra
uccisi l'albatro. »*

(pag. 10/11)

ABOUT, ABOUT IN REEL AND ROUT
THE DEATH-FIRES DANCED AT NIGHT;
THE WATER, LIKE A WITCH'S OILS
BURNT GREEN, AND BLUE AND WHITE.

TUTTO INTORNO, IN SPIRALI E TURBINII
I FUOCHI FATUI DANZAVANO NELLA NOTTE;
L'ACQUA, COME IL FILTRO DI UNA STREGA,
RIBOLLIVA VERDE, BLU E BIANCA.

(PAG. 14/15)

The naked hulk alongside came,
And the twain were casting dice;
'The game is done! I've won! I've won!'
Quoth she, and whistles thrice.

Quella nuda carcassa ci passò accanto,
con le due donne che giocavano a dadi.
"Il gioco è fatto! Ho vinto! Ho vinto!"
dichiarò lei e fischiò tre volte.

(PAG. 22/23)

One after one, by the star-dogged Moon,
Too quick for groan or sigh,
Each turned his face with a ghastly pang,
And cursed me with his eye.

Uno dopo l'altro, sotto la Luna inseguita dalla stella,
troppo in fretta per gemere o sospirare,
ognuno volse la faccia con un'angoscia atroce,
e mi maledisse con lo sguardo.

(PAG. 22/23)

ALONE, ALONE, ALL, ALL ALONE,
ALONE ON A WIDE, WIDE SEA!
AND NEVER A SAINT TOOK PITY ON
MY SOUL IN AGONY.

ERO SOLO, COMPLETAMENTE SOLO,
SOLO SU UN MARE SCONFINATO!
E NESSUN SANTO EBBE PIETÀ
DELLA MIA ANIMA AGONIZZANTE.

(PAG. 26/27)

I LOOKED UPON THE ROTTING SEA,
AND DREW MY EYES AWAY;
I LOOKED UPON THE ROTTING DECK
AND THERE THE DEAD MAN LAY.

RIMASI A GUARDARE IL MARE IN PUTREFAZIONE,
POI DISTOLSI LO SGUARDO;
GETTAI UNO SGUARDO AL PONTE FRADICIO,
E LÀ GIACEVANO I MORTI.

(PAG. 26/27)

Beyond the shadow of the ship,
I watched the water-snakes:
They moved in tracks of shining white,
And when they reared, the elfish light
Fell off in hoary flakes.

Oltre l'ombra della nave,
osservai le serpi d'acqua:
si muovevano con scie di bianco accecante
e, quando si drizzavano, la luce stregata
ricadeva in candidi fiocchi.

(PAG. 30/31)

THEY GROANED, THEY STIRRED, THEY ALL UPROSE,
NOR SPAKE, NOR MOVED THEIR EYES;
IT HAD BEEN STRANGE, EVEN IN A DREAM,
TO HAVE SEEN THOSE DEAD MEN RISE.

GEMETTERO, SI SVEGLIARONO E SI ALZARONO TUTTI,
MA NON PARLARONO NÉ MOSSERO LO SGUARDO.
SAREBBE STATO STRANO, PERSINO IN SOGNO,
VEDERE QUEI MORTI LEVARSI!

(PAG. 34/35)

UNDER THE KEEL NINE FATHOM DEEP,
FROM THE LAND OF MIST AND SNOW,
THE SPIRIT SLID: AND IT WAS HE.
THAT MADE THE SHIP TO GO.

SOTTO LA CHIGLIA A NOVE BRACCIA,
DALLA TERRA DELLE NEBBIE E DELLA NEVE,
SCIVOLAVA LO SPIRITO: ED ERA LUI
A SOSPINGERE LA NAVE.

(PAG. 38/39)

'But tell me, tell me! speak again,
Thy soft response renewing –
What makes that ship drive on so fast?
What is the ocean doing?'

"Ma dimmi, dimmi, parla ancora,
riprendendo la tua dolce risposta...
Cos'è che spinge la nave tanto veloce?
Che cosa intende fare l'oceano?"

(PAG. 42/43)

THIS SERAPH-BAND, EACH WAVED HIS HAND,
IT WAS A HEAVENLY SIGHT!
THEY STOOD AS SIGNALS TO THE LAND,
EACH ONE A LOVELY LIGHT...

OGNI SOLDATO DELLA SERAFICA SCHIERA FACEVA CENNO CON LA MANO:
ERA UNA VISIONE PARADISIACA!
STAVANO COME FANALI SULLA COSTA,
OGNUNO COME UNA LUCE GENTILE...

(PAG. 48/49)

G. Doré

UNDER THE WATER IT RUMBLED ON,
STILL LOUDER AND MORE DREAD:
IT REACHED THE SHIP, IT SPLIT THE BAY:
THE SHIP WENT DOWN LIKE LEAD.

ROMBAVA SOTTO IL LIVELLO DELL'ACQUA,
SEMPRE PIÙ FORTE E TERRIBILE:
RAGGIUNSE LA NAVE, SQUARCIÒ LA BAIA;
LA NAVE COLÒ A PICCO COME PIOMBO.

(PAG. 52/53)

G. Doré
H. PISAN

I moved my lips – the Pilot shrieked
And fell down in a fit;
The holy Hermit raised his eyes,
And prayed where did sit.

Mossi le labbra... il pilota del porto emise un grido
e cadde svenuto tra le convulsioni;
il santo eremita levò lo sguardo
e da dove sedeva si mise a pregare.

(PAG. 52/53)

G. Doré
H. PISAN

'O shrieve me, shrieve me, holy man!'
The Hermit crossed his brow.
'Say quick,' quoth he, 'I bid thee say –
What manner of man art thou?'

"Assolvimi, assolvimi, sant'uomo!"
L'eremita aggrottò le sopracciglia.
"Parla senza indugio – ordinò, – ti impongo di dirmi…
che razza di uomo sei?"

(PAG. 54/55)

WHAT LOUD UPROAR BURSTS FROM THAT DOOR!
THE WEDDING-GUESTS ARE THERE:
BUT IN THE GARDEN-BOWER THE BRIDE
AND BRIDE-MAIDS SINGING ARE:
AND HARK THE LITTLE VESPER BELL
WHICH BIDDETH ME TO PRAYER!

CHE GRAN BACCANO VIENE DA QUELLA PORTA!
GLI INVITATI ALLE NOZZE SONO LÀ:
SOTTO IL PERGOLATO LA SPOSA
CANTA SPENSIERATA CON LE DAMIGELLE;
ED ECCO LA PICCOLA CAMPANA DEL VESPRO
CHE MI INVITA A PREGARE.

(PAG. 54/55)

THE MARINER, WHOSE EYE IS BRIGHT
WHOSE BEARD WITH AGE IS HOAR,
IS GONE: AND NOW THE WEDDING-GUEST
TURNED FROM THE BRIDEGROOM'S DOOR.

IL MARINAIO DALL'OCCHIO LUCENTE
E DALLA BARBA INCANUTITA PER L'ETÀ
SE N'È ANDATO: E ORA L'INVITATO AL BANCHETTO
SI ALLONTANA DALLA PORTA DELLO SPOSO.

(PAG. 56/57)

INDICE

• LIBRI DI UNA SERA •

collana a cura di Denis Artioli
traduzione: Giuliano Acunzoli
introduzione e editing: Massimo Camola
in copertina: Clarkson Stanfield "Cutting away the masts"
stampa: Poggi Tipolito - Assago

diffusione esclusiva *MEDIALIBRI distribuzione s.r.l.*
via Plezzo, 36 - 20132 Milano - tel. 02/21.57.240 - fax 02/21.57.833